U0911718

雷声与蝉鸣

梁秉钧 著

四川文艺出版社

青马（天津）文化有限公司
出　品

摄影：王禾璧

给 N

目录

第一辑　未升

第二辑 突发性演出

第三辑 香港

第七辑 浮苔

第一辑

未升

树之枪枝

你说　看那些荒凉罢
看那些白杨看那些十字架
小小的风
在古老的枝丫间吵着
汽车喇叭那样的吵着
看那些小小的风罢

是的
为了一对狂野的眼睛
春天遂答应留下来
这是佩枪的白杨
这是佩枪的基督
声响在冷风与热风之间
而鼹鼠的愤怒却不知放在哪里

远方一株名字古怪的树
也急急地爆出芽来了
就这样子的愤怒下去吧
不管施栖佛斯的大石头
不管存在和不存在
就这样子的愤怒下去

一九六四年

夏日与烟

而最重要的是
夏天早晚要过去了
早晨跟着早晨
然后你们就会说
说整个秋天的坏话

怀念昨夜　想着今夜
比夜更灿烂的是没有的了
烟花唱着
橘黄的窗外有人唱着
音符是死的
洋台上谁不知道呢
在早晨里他们就尽想这些

至于烟　烟并不永恒

夏天也不是的
而她们仍旧以一柄阳伞
钉太阳的手在墙上
仍喜欢冰淇淋的颜色
用颜色种植昨日
的昨日

当然还是昨日的风采
泉水冷冷的　我知道
还有化石　还有草
可是既不寒冷也不固定的
夏天出现在洗衣铺的蒸汽机上
以烟的手以烟的脚

一九六五年作
一九七〇年修改

夜与歌

直至她们
在檐下漫漫的唱着
雨下着
寂寞而甜美的
许多个滂沱
总是这　总是那
廊下有人等待着
大理石塑像
浮雕的墙
歌声来自这
比生命还长的廊道

即使是思想中的一树绿叶
去年的园子
园子里的甚么……

当你想像的时候它就在那里了

即使是没有甚么
桌上翻开的小说里
墓穴里雕着的小马
你凭空捏造一所厨房简陋的布置
即使是那些烟火的气味
即使是那个
嘤嘤哭着的女仆
——它们就在那里了

即使是昆虫……
记起童年时听来的传说：
如果不剥下蜻蜓的尾巴
它飞去时会把你的名字记在墙上
这里的墙壁像夜一般空白
为甚么不让蜻蜓来把它填满呢
就像歌声填满这比夜还长的廊道
即使是

窗帘子擦着窗飘起来

要来的冷冽的黎明

也要来了

即使是她们

漫漫的唱着

一九六六年

废邮存底

怀疑了所有的屋背
它们是过而不留
仍将回到遥远
一支寒冷的故事
甚么时候
又将回转一个冬天呢
依然从身后走来
萋萋的草
一大束写给自己的
寒冷的书简
自厌与自傲的瓶
思想中的石南花

“鸟儿飞去的
是甚么地方呢？”

说着

得到的是

天空深处孤寂依然

给你满天的星

和说着星的

一百种理由

使你凝视

一九六六年

犹豫

不能想像多么冷
他洋洋洒洒地说
在窗上　是雾
涂抹的手　是
灰色在他们转身里
凝视中
并且说　哦
这么多树
面对你这许多脸孔
酒和饼和猜想
流荡你一艘船
把耳朵给水流吧
当然终于是泥土
不过如此
车厢里犹如炉子旁边

一张大理石的床
冷穿过你的国籍
死去胸臆间的边界
跳过下一个句子吧
下一段
所有关于时钟的描写
跳过它
略去所有围巾的风貌
略去栗子与巷道
一个风琴？也许
但最好把这些留待下次
他点首同意
同时被想起来的：
童年时涉足的街道
荒屋里的咖啡
与糖
全是这么遥远
这遥远
对于我

犹如你的名字

对于我

犹如他们的名字

一九六七年

浪与书

清冷如书中所写
一个涂绘海鸥的童年下午
重来的浪反送我
到达如此的渡轮
今日下午是无所谓的
钟声的浪将淹没
兀自的梯子
与一支桅涟开去
垂着的绳的影子
将画成十字
还要攀援一张
突然看见的脸孔么
还是放任而去
然后现在我忽然
发现自己置身在

这黑暗的角落里
这是不是
瞬息的云雾
如我所说我现在在此
一千本书本后面
黑暗中而不是船上了
因为我急于写下我
所想的而我现在不能
从枝椏间看见鸟
栖止在谁的
屋子，从一面墙
熊罴虺蛇之间
你又梦见甚么
光线进来分析桌子的木纹
低低的天花板进来
　　　　　　　　也出去
流水般流过所有的构成
翻开书又开始谈话
一切都是为了

不为甚么
回到开始的地方
再相对一张脸
笑成了轮回的船

一九六七年

雨之屋

有甚么比灯光
更狭隘对于
室外的冲刷
我的手在未知上
我的手
将永远如此
民歌的段落
起伏在一张
海浪的椅子
说甚么也得
继续下去了
在那窗外看见
船部分的灯光
在部分的海港中
有甚么比这更

适宜于雨呢

想起鞋子

走在渍水的街道

雨的发茨

空无一人

倾斜着的

臂伸展成为云

哦怎样想起

怎样经过这一切阻挠

来到达你

无言的中心

如何抬头随你的视线

看见那些阴森黑暗

雨还是雨的意欲

并没有天明

一九六七年八月

裸街

独自在许多路上
贫乏的眼是一盏灯
没有比这更暗澹的花卉了
一盏灯
你以为你是甚么
发里的破船
一种波浪
一些移过去的停泊
然而这里没有池沼
如果有我可以停下来
让水流的寒冷留在体内
直至死亡
但是它们没有
这样我随着我的意志飘泊
任它们引向

空中任何的一扇门
构思着透明在现在
或者一种仰首的蓝
从痉挛中舒畅出来的雪
或者在他们的对话中醒来
仍然赶上看见
远方一双伸出来的臂
打开另一扇门
总有人冷淡地弹着琴
背向他音符的兄弟
一脸孔灯
每一盏有不同的光
电灯杆上麻雀歌唱
唱它们家族中的枪声
哦　火药气息中
落下来
温柔的雨

一九六七年

缺席

看椰树落着
在一千条街道上
那时我与他们走过
有着严肃的话题
的街道
名字我已忘记

我看见他
鬼魅一般走来
没有脸孔
他的笑
是空无一片
在苍蝇的日子
去到杯子泡沫
在缓慢的走进中

失去了他

我是说

当我再抬头时

已经没有他踪迹

一九六七年

继续

反光的黑灰玻璃
影子里来去昔日的天鹅
一种生气复回
断岩的左右
抒婉的一曲继续下去

一九六七年

青果

嘴内的颤慄
倾向喉间
无言地伸展着
触及浮离字语的痛楚
摆动在冬之树林
与歌之间
巨大的空间还不曾予你
成形的压力

一九六七年

未升

几扇窗子反照着
未升的太阳
在我们清白的等待中成形
走过街衢
某些欢悦的脸孔
尚未在太阳之下
一块写着午餐的牌子
我抬头看见我远离
沙地上逐渐的白
毫无尘埃的清晰的影子
移向我
木质的河床间走着同样的人
泅泳者经已归来
他看见那些
尚未成为太阳的

一九六八年

夜读

除夕晚上随手打开的一页
它说尼哥拉斯
被某一持枪的丈夫所枪杀
这是为甚么——
某些事情
在这之前发生了
某些给这铅重的伤痕与冷冰的枪管
以理由的
在这之前发生了
我一定是漏去了一点甚么
在这个波兰作家的笔下的
这篇小说
——我后来知道——
叫做《太多的阳光》

一九六八年三月

午路

倾斜的几个三角形
烟从我左方飘出去——蹒跚的脚步
在空中，从空中逸走
在泡沫的中途
虚幻的反照里不见头颅
暧昧的声音的正午呵
一头狗吠着而它的主人
在锯木板的铺中敲打着　点甚么
天空的阳光有葡萄的味道
晾在某些角落的衣服飘起来
让我们看见——一些疑幻疑真的闪光
冥冥中一块镜子
在可见与不可见的两头晃动
梦中的清纯、随阳光而来的
欲望、条纹形窗帘所漏去的世界

做成的欠缺
那些铁枝的叩击的迷糊……
沉没叶丛的眼睛看见一道小径
在众多的纷扰中伸出它陈年的臂

一九六八年

夜行

黑夜盖上空虚的被褥

蓝色灯光睡着了

天色也围拢过来

你在淋漓的街道上

找不到一个终点站

寒冷的气流

汩汩潜来

只由群鸟把它们啄尽

你想事情到头来就是这样

几个人蹲在车站的灰墙下

春天的叶子在梦中焚化

墙上标贴画的嗡嗡声永不停止

然后又来一夜雨雾

淹没记忆中人面的杨柳

一九六九年

建筑

在一握中感觉
果实的寒冷
高楼的脸面
化为流泉

蚁孜孜营巢
在下趟水淹到的地方
蜜蜂歌唱
看不见顽童的石片

沉默了里面
那一种节奏
仍有人在阳光中
砌造他们的居所

推开门看见
青山的建筑
它们是经过了
怎样的侵蚀呢

一九六九年

雨痂

雨渍结痂在行人身上
为寒气封闭了进口
淅沥的絮语蒙住空洞的静
雨浇下来，灰色粉末沉淀成
一面蜘蛛色的墙
谁会用砖织一道网？
所有缠绕的东西也不是用石造的
有人在细雨中守候零琐的蚊蝇
黏腻的网眼的世界无寒意
偶有微风拂动屋角的尘埃
然而陈年的绳痕已褪与皮肤同色
寒着脸的天
唾了这些街道一面孔
它们在屈辱中任时间自干了

一九六九年

风与老人

风飘起他晾在颚下的胡髭之帕
它们暗澹地散着洗濯过的湿气
风把他怀里的纸扇吹得一抽一搐
它的气息弱如游丝
风把他的带水迹的油纸伞的脸
撕出一道裂缝
风吹过带来一阵铁器相碰的脆音
一杯一壶一瓶一盏
它们分别盛着他的许多个部分

一九七〇年二月

车中

在熟睡的人们底凉荫旁
老妇人
是谁把太阳留在你身上

感谢你眼的轮子
辗碎我手中胡桃
在唇咀嚼的风采里
破了壳的和破了的壳
都是我吧
那咬啮是痛入心脾的

在后座
篮中的青菜和绑住的雄鸡
残破的帽子和沾泥的布鞋
默默地同意了

在熟睡的人们底凉荫旁

老妇人

只有你和我听见长途车的喘息么

一九七一年

除夕

他们拿走了烛灯和瓶花
咖啡店关门了
路上还有许多行人
灯光仍亮而黎明未来
我们将要继续徘徊吗
谈到远人和诗
尽让此刻的一个烟圈
在空中久留一会不散
霏霏细雨降下
且以围巾兜过脖子
留取风前的暖意
趁树未像人一般散去
人未像树一般呆立
真高兴这节日是一个借口
让人们扛着一株花树走路
而不会觉得是一件傻事

一九七二年二月

旧句

从阅读昔日的诗句
回到现在的夜深
果子与花朵何等丰泽
夜平静而温暖
不同那些紊乱苍白的句子

静夜里向这心的旧池挖掘
你找到甚么
那些泥泞亦是这般真实
黑暗中偶见蛋壳的碎片
钟表的准确仍不能传意
唯茶热触掌
那么多变迁中还有不变
仍见窗外灯光一明一灭

一九七二年

第二辑
突发性演出

突发性演出

零时廿分他走过公路卧在那里
旷野里一头枭的鸣叫
又在中断的地方重新开始
四头牛扮演四头牛
吃草的它们在剧中
有一些作为
吃草的它们的角色
总之
零时廿分他走过公路卧在那里
等待
等待着……
许多个虚点
许久
许多个许久
可是演出计划里的某些部分

应该开始的还未开始
出现的还未出现
似乎有点甚么出错了
而这是很难堪的
独自笨瓜地卧在那里
而这就叫做突发性
而这就叫做演出
甚至没有卷心菜
没有麻包袋
没有涂满甜瓜的女子
而这是很难堪的
一切都跟他们说的不同
甚至没有羽毛没有木屑
没有洋蓟没有号角
一定的
是有点甚么弄错了
他卧在那里这样想着
真的
甚至最后

落下来的

也不是他们说的那些意大利粉

而是雨

一九六八年四月

寒山及其他

“再没有寒山
  再没有拾得……”
再没有甚么呢
  再也没有
由于钟声的尘拂
所拂起的时间的尘埃
没有人会写道：
“寒山有裸虫……”
向无人的鸟道
散发而笑

姑苏城外
寺院的跫音呵
鸣响有如寂静的

枫桥的音色呵

某个早晨

我看见你在树下舂米

我看见你

破衣的僧人

曾经以你们的寒冷为诗

那个人今日忽然希望

把他的诗刻在

灭绝人迹的岩上了

泛满城市

一个奇异的幻象

你的扫帚

出售在一条街道转角

当我经过

白云是属于

面包铺子

甚至球场对开处

一面涂污的墙

可是我当然不会说

他们题着的是你的笑声了

昆虫咬着咬着

跛脚诗人

与乎

几万载的青天

与乎

几万载的虱子

一齐跳进转动的脑叶

忘却了

打扫食堂

而对于洗不尽的耳朵

你又如何呢

对于泉水

未说出口的话——

泉水从泉水中抽回自己

我想着泉水
然后我看见：
十灵丹和济众水的广告
一个怀孕的妇人挣扎穿过挤迫的人群
一个摔倒的孩子在路边呻吟
对于泉水
甚么是摔倒的孩子

（某个早晨
我看见你背负竹筒而去
我看见你
破衣的僧人）

再说一次：
我看见你
在没有蜻蜓的路上

举起来的手
面对黄昏杂沓的风景
我的朋友说
你以为你是那不系之舟么

一九六九年八月

面包店

风翻动杂货店的布篷
卷起地面的影子
向潮湿移过去一两寸
那以后是甚么？
柏油路上的寒光。
一个人走过面包店
依稀感到新鲜的热面包
店里的灯光照在玻璃柜上
对于从寒光的柏油路走过来的
连虚构的东西也是温暖的了。

　　那时曾与她走过关了门的理发店
　　脚踏车店和中药店
　　还有门缝中露出灯光的小铺
　　即使是这么破烂的路

Egg Tart
BBQ Pork Bun
Red Bean Dumplings

那也是了不起的

那么温软的笑

那感觉

就像有一个面包夹子在胸膛里搅动

这样一起走过

不晓得该说点甚么

破烂的路也是美丽的

只是太短了

没有更多的脚踏车店和中药店

门缝中露出灯光的小铺

更不用说

那唯一的理发店

他过后就尽是这样数说

埋怨自己不知有多笨

一直走到面包店，像一个傻子

把书本递给她，然后就分手了

真使人想把头碰在墙上

你以为这是甚么

一出面包突发剧？

　　老兄

　　每天吃一个面包对你并没有甚么帮助

　　他最后这样下一个结论

这时他走过了面包店

灯影晃荡

向潮湿的地面移过去一两寸。

一九七一年

某打字小姐

今天的信比昨天的胖了
它们还是穿着同样的衣裳
你每天复述有一株树分期付款出售
有一朵云需要修理
以及笨重的老板
未能参加在高空举行的酒会
感到——你打错了字
又把它重打一遍——感到十分抱歉
随手把撕下的纸张扔到废纸篓去
低头时仿佛听见有点甚么在唤你
冷气机轧轧的声音
化作门的咳嗽，人的叹声
而你不晓得有些甚么
在隔邻的房间里
（总有人打错电话来

　说要购买一部缝纫机）
送报的小厮端来日子的一页
你剪下葡萄的广告
存在档案里
随手也剪下一朵油墨的向日葵
去年的种籽夹在玻璃下
只开过一朵平面的花
有时你仿佛听见头上传来鸟声
一头麻雀从荧光管的壳中孵出来
拍着翅膀在那里唤你
你便会把“买”字打成“鸟”字
在冷气中打一个寒噤
随手把撕下的纸张扔到废纸篓去
那些死去的字
像飞不动的蜂尸
而你不晓得有些甚么
在隔邻的蜂房里

一九七三年

睡在沙滩上

伸手可以迎接幸福的明天
当浪变成
　　　　一颗大鲨鱼牙齿
拿去送给那位缺了门牙的朋友
一百片碎玻璃送给赤足散步的人
风灯落在口哨上
我是乡村中唯一的白痴
为甚么?
　　　　我是为
　　　　你是甚么
纯粹的游戏的
船或者屋子
买一头牡鹿给独居的牝鹿
一个岛屿给漂流的人
或者三三两两的乌鸦

那时你在这里

你就可亲眼看见它们掉进网里

转一个身　你说

我们今天这所屋子

穷得连天花板也没有

所以就不免有点太高了

只是一种沙滩

各式月亮

至于针床可笑不可笑

那要看你从哪个角度感觉了

还有甚么埋怨吗

如果说听不见夜莺

那么我只好说

各种邮递的错误

唯地址正确才可避免

有人说在月夜里

看见一个女孩乘脚踏车在波浪上经过

生起火来

被闪烁的火光感动

我们到底也不免相信了
反正夜里飞翔的天使教人不能睡眠
合掌唯有蚊子的赞叹

一九七三年

写一首诗的过程

有那么一个女孩子
打算喝掉面前这杯咖啡
然后写一首诗
苦涩如夜的黑咖啡
哼，也没有甚么了不起
还不是照样喝下去
对窗终夜的牌声响亮
街尾面摊旁的舞女和夜归男子
哗笑然后吵骂
今夜还没有人在那里打架
她给咖啡再加颗糖
加一点牛乳为了衬上杯子的颜色
并且想：那要来还未来的诗呢
抚着浅棕色的暖暖的杯
写不成又自管自笑了

偶然一辆警车驶过
醉汉去拍木料店的门
她专心注视
要写这生活的戏剧
然而甚么也没有发生
那人不疲倦么？想着
便伏在臂弯上，在纸上
画一头胖胖的猫
不行，再喝一口咖啡
透过浅棕色的杯子
看寂寞起来的街道
想最好有一点微雨
滋润这街道，并且闪光
如一朵朵在黑暗中绽开的花
她想着，再伏下去
并且睡着了
这时街上来了一辆洗街的车子
终于把街道变成潮湿

一九七三年

游戏

在这一年将尽的时光
我们来玩游戏
把糖果瓶子传过去
每人从瓶中取一颗糖
看到了最后
是谁得到一个美丽的空瓶子
以及一年的幸福

在这一年将尽的时光
我们玩砌图的游戏
每一块积木
是一块碎片
我们翻遍积木的多面
寻找一幅完整的图画

在这一年将尽的时光
我们把废纸卷成许多纸筒
用一根绳子串起来
涂上七彩的颜色
加上红色的嘴
和流苏的尾巴
做一尾快乐的蛇
拖着它上街去

在这一年将尽的时光
我们收集七彩的气球
把每一种忧愁的名字
写在上面
然后拿到热闹的年宵市场
把它们放走

这么多的颜色
糖果和积木和气球和纸蛇
这么多的碎片

串起旧的一年和新的一年

我们还在这里

把瓶子传过去

每人把手探进瓶里

谁也不晓得

最后得到的是甚么

一九七五年

听歌

她放下唱臂
就站在那里
倚着门边
而他坐在这儿
越过谈笑的人们
仍听不见声音
从黑色的盘中转出来
他看她一眼
又转过去
拿起几上的茶
她垂下眼睑
听见歌声开始流转
如夜的溽热到了尽头
破晓时吹起的微风
“我要去找一艘船

我们可以摇动它
倘若你感到
我是多么的需要你”
这歌声有时温暖
有时疲倦
有时是无奈地舒一口气
客厅的人们谈着
夏天的雨和樱桃
和一部波兰电影
其他声音
只是背景中蒙眬的字眼
只有当他回头
看见她站在门边
微笑，仰着头
他才也听见那歌
歌中说沟渠的水流飘着油污
被一把伞拌成彩虹
他看见她眼中的光彩
后来，她的眼睛垂下

唱片已转到尽头
回过头去
回答另一个人的说话
在身旁
人们都说饿了
他们说要到外面吃饭
要离去
他正在说：
“再等一会……”
这时她换上另一张唱片
声音好像飘散
流到遥远的地方

她坐在那里
想一些事情
唱片的声音转慢
如打呵欠的臂
划一个弧垂下，突然
那声音停止了

在那一片静默中，她抬起头
好像要问：
“为甚么
唱机忽然坏了？”
她走往电掣旁边
用手按插头
牵起纠缠的电线
如满心的烦忧

他回过头来
才晓得那沉默
见她按着电掣
唱机再发出沙哑的一声
一句蒙眬了的美丽的句子
像一句咽住的话
她俯下头，好像要
伏在唱片的黑色上
却并没有听见甚么
她的手在摸索中

碰到损坏的电线
漏出的电像针刺
使她的指头麻痛
到了最后
她仰起头，对这时才走过去的他
只是说：
“唱机坏了。”

然后他检验唱针
举起唱臂
并且依循纵横的电线
摸索尽头的电掣
但这并不能
使事情回转
使一个夏日发出声音
用胶布贴着电线
也无法黏回一些调子
她走回去
沉没在那端的沙发

也低头细看照片
并且说那年的事
而他在这里
拆开唱机细碎的零件
找寻一支歌

时间已经晚了
人们开始散去
吃饭，看戏
或是探访他们的表兄
真是太晚了
他们说，而她
点点头
无言地走出大门
他甚至没有说：
“再等一会……”
他低下头
手中拿着螺丝起子
甚么也没留意

仿佛只是要

把错误的校正

使沉默下去的

再放声歌唱起来

他把零件砌回原位

并回外壳

他按下掣，坐在那里等待

门在他背后

砰一声关上

这时唱片才开始旋转

歌声再一次传出来

一九七五年

抽奖

他得到一套北欧家私
他得到一个耳塞
他得到一头假发
他得到一枚浮瓜
他得到一袭睡袍
和一个跌打医生
他得到两个富有的姑母
和一头鹦鹉
他得到一副电脑
以及红橙黄绿青蓝宝
他得到公积金
佣金、礼金和帛金
他得到戏院的赠券
酒会的请卡
特别折扣的二手牙刷

他得到自动清理的文件柜
永不停嘴的闹钟
他得到两打英国人
组成的调查委员会
他得到哲学学会主席的椅子
他得到乡土艺术的专利权
他得到一只不断上升的股票
一所不断下沉的大厦

只有我
仍然两手空空
每次仰望
就仿佛听见
有人在远处发笑
迂回穿过
阴云和阵雨
撒下的骰子
是最少的点数
买了报纸

却错过渡轮
坐在码头
用香烟罐子钓鱼
在错误的火车站
等候下一班车
在高速公路上
做一匹马

她得到一个罐头丈夫
和一群电动的亲戚
她得到一套全新的指甲
眉毛和鼻子
她得到一切联会
副主席的名衔
她得到四尾会唱歌的鳄鱼
准时送花的河马
守候在街角的犀牛
可资谈论的大毛龟
她得到一个发罩

她得到两颗血淋淋的心
她得到邻居阿秀上周买的
那种吸尘机
她得到那种灰尘
她得到十二种官方承认的
大学入学试的资格
她得到所有不同牌子酱油
送出的小碟

只有我
仍然两手空空
坐在淤塞的河边
唱一支蓝色的歌
天气这么冷
却忘了大衣
空的藤椅上
已经坐着个人
围上围巾
戴上鲜花

并且投掷银币
幸运是头像
开出的是字
我们的面包
被人偷去
空的瓦瓮旁
向日葵借出还未归还

人们捧着抽到的东西
赶着跑去把奖品收藏
我仍在这里
慢慢地走
再会了先生
再会了
女士
我在后面叫
再会了
南瓜和玉蜀黍
捧着这么多东西走路

小心不要摔倒
但他们以为我要赶上去
却都跑得更快了

一九七六年一月

第三辑

香港

傍晚时，路经都爹利街

巨大的电线轮辘
抵着石的楔子
俯临几级石阶下
短仄的街道
工人留下一捆白色电线
匝绕这几盏
最后的煤气灯
街道两旁的泥土翻上来了
黄灰色的屋宇旁
股票公司的招牌
涂没了两个字
阴影里斜倚着修路牌
红色的电线胶喉
半截露出地面
另外半截

埋进泥里
商店的橱窗中
偶然一点嫩黄的柔和闪逝
在对面
四个印度人坐在甸那行前
絮絮地谈进夜去
灰旧建筑物门边
贴着古书画展览的红纸
门内已是昏暗
街口是拆了又建的地盘
竹架和木板的空隙内
停着载重的铁架
和垂下的输管
杂乱的器物间
涓涓的细流涌起
流过一捆堆放地上的锈褐色铁枝

一九七三年九月

五月廿八日在柴湾坟场

跨过凌乱的木板和泥潭
来到犹未修葺的新坟
看你整理鲜花
并端容鞠躬
便想起你那时说
怎样在夏日的傍晚
与父亲躺在门前乘凉聊天
现在傍晚山上的凉意中
有亲情的人间
后来就走下来，转进
殉难士兵的坟场
墓碑整齐地排满地面
但我们晓得墓地中没有死者
而活鸟的啁啾更响了
同一大幅青绿上

不同年份的石碑
只有我们走过
感觉足下的柔软
看齐排的植物不规则地生长
一些早上盛开晚上零落的红色花瓣
你叫它“落地生根”
非洲菊杂生的叶丛里
忽然有枝梗的手举起一朵花
在这生乱与死寂间
我们俯首向一丛绿色的长叶
找一朵风雨兰
那种感应风雨绽丌的花朵

一九七三年五月

北角汽车渡海码头

寒意深入我们的骨骼
整天在多尘的路上
推开奔驰的窗
只见城市的万木无声
一个下午做许多徒劳的差使
在柏油的街道找寻泥土

他的眼睛黑如煤屑
沉默在静静吐烟
对岸轮胎厂的火灾
冒出漫天袅袅
众人的烦躁化为黑云

情感节省电力
我们歌唱的白日将一一熄去

亲近海的肌肤
油污上有彩虹
高楼投影在上面
总是晃荡不定

沿碎玻璃的痕迹
走一段冷阳的路来到这里
路牌指向锈色的空油罐
只有烟和焦胶的气味
看不见熊熊的火
逼窄的天桥的庇荫下
来自各方的车子在这里待渡

一九七四年一月

寒夜·电车厂

灯光　嵌在　寒冷的黑暗中
最高的一盏
　　　　　是月亮
高楼的峡谷外
车辆奔湍的流水
经过嶙峋的岩石
　　　　　　　又激起点点水花
灯光
　　嵌在寒冷的黑暗中
汹涌的奔湍的流水
冷得发抖还在歌唱的马达
　　　　　　　　　　　转进峡谷
一辆孤独的电车
　　　　　　　转进电车厂

在转角处擦出一闪青色的光芒

然后又消失了

一辆孤独的电车

暗绿色的身体里透着微光

像一个千眼的灯笼

在路轨上缓缓滑行

像一个灯笼　在水上飘流

然后凝止

成为一块石

暗绿色的身体里透着微光

在路轨上

一辆又一辆的电车

从灯光灿烂处驶进来

凝定

在布满小食档的横街

和潮湿昏暗的小巷旁边

我们的电车驶进来

司机懒洋洋地跨过轨道下的小坑

深陷的寒冷
　　　　　隔一条街道外
苍白的街灯
　　　　　一盏一盏
电车厂的后门外
犹有风驰的汽车驶上天桥
　　　　　　　　　　　远去
灯光嵌在寒冷的黑暗中
偶然
　　掉下
　　　　一盏
恐怕是碎成流水
于是又多一盏黑暗
寒冷
　　使霓虹灯张嘴时
吐出一团雾气
隐没了唇的肌肤
　　　　　　　在不远的地方

又一辆孤独的电车

　　　　　　　　转过弯角

擦出一闪青色的光芒

一九七四年二月

罗素街

路上永远的潮湿与泥污
使一个忽忙的路人
难在栉比的小摊旁移前
橙和香蕉
还有枇杷的鲜明
化作摊上一列
咸鱼灰滞的眼睛
仰视一朵黄菊
闪着水光，瓣叠着瓣
嫩绿的生菜盛满一个竹箩
犹如干枯的冬菰和鱿鱼
盛在棕皮纸袋中
　　　　　　　偶然的溢出：
一个鲜红的蕃茄在路旁黑色水上
妇人坐在路中央剥豌豆

豆荚扔了一地
绿色的豆落在盆里
纷沓的脚步
绕过它
两旁的小铺围拢过来
浅水的铜盆中
一尾黄鳍的小鱼
微弱地振动鱼鳃
当秤尖翘起
秤锤沉重地垂下
多年的灰色与棕色沉坠下来
面孔的漩涡
淤积成街道的黑疤
马铃薯和紫色的茄子
暂时把它掩盖一个早晨
路上永远的潮湿与泥污
使一个忽忙的路人
难在挤迫的人群中移前
一边是菜市

另一边是小食档

蔬菜和肉食就在此端煮成
一串黑色的葡萄
在碳黑的镬旁
瓶罐、竹篮和旧盆
可以带走多少
晒干多时的红枣和无花果？
在瓦瓮内部
时日越久颜色越是沉重
破缸中的辣菜带着红色斑渍
棕色身体上丝丝血液
像屋宇 般陈旧下去
冷风中沉沉晃动一个铁炉的火
到了街尾
迎面是横堵的天桥
那里昔日原是一道水渠

一九七四年三月

拆建中的摩啰街

正午的太阳照着
一个蹲在路旁的老者
铁灰色的佝偻的背
污水淹至他的后跟
而在前边一幅布上展开
古玩和陶瓷的落果
暗瘂的青玉旁
是更多锈棕色的剪刀
在一个偶然的顾客的播弄下
迟钝地开合
弃物铺展至路的尽处
旧式熨斗中没有炭
电钟没有通电
书籍没人翻阅
旧衣服中，没有肢体

蒙尘的镜面上

映出一叠朦胧的古钱

更少外国游客

拿起一块玉坠

谈论价钱

苍蝇嗡嗡拍动铜器的锈绿

玻璃的裂痕

　　　　　和陶瓷的污损

身后铺子的黑暗中

一列古老的鼻烟壶

分盛着许多零碎的过去

两旁一些铺子已拆去

富有的店家移上一条街道开设新店

另一些留下来在街头摆卖

堆满废铁和旧木板

街道显得更狭窄

也更多灰尘了

那边铁器铺的锤声

一声紧似一声

一九七四年四月

中午在鲗鱼涌

有时工作使我疲倦
中午便到外面的路上走走
我看见生果档上鲜红色的樱桃
嗅到烟草公司的烟草味
门前工人们穿着蓝色上衣
一群人围在食档旁
一个孩子用咸水草绑着一只蟹
带它上街
我看见人们在赶路
在殡仪馆对面
花档的人在剪花

在篮球场
有人跃起投一个球
一辆汽车响着喇叭驶过去

有时我走到码头看海
学习坚硬如一个铁锚
有时那里有船
有时那是风暴
海上只剩下白头的浪

人们在卸货
推一辆重车沿着轨道走
把木箱和纸盒
缓缓推到目的地
有时我在拱门停下来
以为听见有人唤我
有时抬头看一幢灰黄的建筑物
有时那是天空

有时工作使我疲倦
有时那只是情绪
有时走过路上
细看一个磨剪刀的老人

有时只是双脚摆动
像一把生锈的剪刀
下雨的日子淋一段路
有时希望遇见一把伞
有时只是
继续淋下去
烟突冒烟
婴儿啼哭
路边的纸屑随雨水冲下沟渠

总有修了太久的路
荒置的地盘
有时生锈的铁枝间有昆虫爬行
有时水潭里有云
走过杂货店买一枝画图笔
颜料铺里永远有一千罐不同的颜色
密封或者等待打开

有时我走到山边看石

学习像石一般坚硬

生活是连绵的敲凿

太多阻挡　太多粉碎

而我总是一块不称职的石

有时想软化

有时奢想飞翔

一九七四年六月

新蒲岗的雨天

我又乘车回新蒲岗
雨却落下来了
游乐场的摩天轮没有转动
只是钉在半空
公共汽车停下站
树丛后的红与黄是花朵吗
是一辆货车的颜色吧了
雨落下来
大渠里土黄的水流混和染紫的污水
有人站在旧轮胎压扁的屋背
和生锈的车壳间
我们走一段泥泞的路

在新蒲岗，雨下过没停
工厂大厦的灰墙旁

冒出一缕白烟
雨不断践踏它
我们在大厦夹缝的大牌档避雨
吃一碗牛腩粉
看雨从布篷的边缘滴下来
湿漉漉的新蒲岗的雨天
放工的时候工厂涌出人潮
挤在太狭窄的檐下避雨
总有点滴的寒冷
滴入人的衣领去
雨透过报摊盖着的透明胶布
敲打书籍
穿花衣的少女
避雨时读一本四毫子小说
蓝绿和黄色油渍的花纹
流下路边的沟渠
这不是我们可以拦阻的

我们在别人放工的时候回去

狭小的报社

背后的柜上压满蒙尘的旧报

人们都离开了

我们还留下来拆信

希望拆出一首诗

　　　　一朵花

　　　　一声招呼

有时老关上来

校对他的散文

有时老何坐在对面的椅上

谈他始终没有动笔的小说

　个女孩了说古板的教师

和独木舟的梦想

我们喝一杯福记的咖啡

总是这么多凌乱的纸张

人们都离去了

是关门的时候

离去时熄去一盏灯

多一份雨的寒冷

有时大家都穷
找谁的祖母借钱吃一顿晚饭
倾谈至夜深
总还有计划
还有下一次怎样
那时我们相信
有些东西不会烟圈一般轻易消失
喝了几杯酒
互相鼓励写伟大的小说
分手的时候
我们走向街头
在人群中分散
老黄走向奶路臣街
我们晓得
他甚至会向一切在街头围观电视的
苍蝇、疟蚊、大象和小型房车
推销他的旧书
而老李带一瓶啤酒乘小巴回到青山

他会在半途把眼镜掉到车外
然后回家告诉他女人
吃苦瓜可以使人心胸广阔……

雨下着，在新蒲岗
壁上白色的字体剥落
最后只剩下一面赤裸的灰墙
我们避雨时
用手指蘸水写在墙上的线条
不一会便被雨水冲去
一辆公共汽车驶来
几十人争着冲上去
而我们走一段泥泞的路
最后一次回到新蒲岗
时候已经晚了
人们现在怎样
听说老麦现在以说色情笑话为乐
听说老白现在酸溜溜的
而老阮那么时髦

甚至嘲笑一切印出来的东西
这是个湿漉漉的雨天
机器仍在转动
它们快要只印数字和资料了
在旧报压得半颓的架子下
我们最后一次
在纸堆间拆一些信
希望拆出一首诗
　　　　一朵花
　　　　一声招呼
在这个湿漉漉的雨天
在这很晚很晚
人们都离去了的时候

一九七四年七月

华尔登酒店

玻璃杯和银器的轻巧压不住
风吹起白色桌布
露出一方粗拙的柗脚
那蓬蓬的翻掀
来自远处的风暴
低压的云层叠成阴霾的天色
老者犹在廊下剪草
把细细的黄色圆槐叶
扫成一团
小小的斑斓混和尘埃
在午后喝茶的人肘下
朝外是一列空留的位子
低低的絮语　银匙的搅拌
如小幅波浪形的布篷
无聊地垂下

在无庇荫的位置就摇动不止
偶然遮掩对山密密层层的屋宇
偶然展露隐伏的黑云
“是风么？是
起风了么？”
不见根基的高处
黄槐叶轻颤
轻易碎了一地

一九七四年六月廿七日

影城

当闸前的警卫
继续絮絮盘问
拨电话查询
并且任我们站在那里等候
你指着上面的建筑问：
“那是真的
那不是布景吧？”
堂皇的建筑剥落
叫人相信它的灰尘
直至我们绕到背后
才见那支撑的竹架，才见那
空虚的底里
走过一条街道
看见一个穿着蒙古衣服的人
转入膳堂，并且向我们扬手

木头车推着巨大的蟒蛇
摇摇曳曳地走过
在一堂华丽的布景旁
当你赞叹
我指给你看缸中的枫树
并叫你抚摩那些红叶
胶质的生命
你说那里的笑声盈堂
显示人群的欢乐?
那我就带你走入拱门
向一条空虚的街道
看剥落的墙灰露出里面的木板
穿古装而哼着黄梅调的
穿着民初装的
都散去了
有人蘸了涎沫，在纸窗上轻轻一戳
只见里面堆满残破的木块和废纸
酒旗空自飘扬
酒铺放满空瓶和破瓮

透过黑暗的铺子
可见后门通往一方草地
走出去
倘若你讶异也有小桥流水
那我就指给你看
水泓四面围拢的土地
并没有船家和游鱼
当人们在颤危危的桥上拍照
继续哗笑，并且转身
舞动废弃的道具
我与你走过水边逼窄的板路
叫你提防
轻脆的竹枝支持不住上面的檐档
会叫一切突然崩塌
我们走过这些屋宇
站在一盆蒙满灰尘的大红花旁
让你开始怀疑：
“这是真的
抑或只是一些虚假的装饰？”

一九七五年八月

第四辑

澳门

水翼船上

透过高窗看见的
有时是桅
有时是云
有时是山
那最高的一点
有时不过是经过时
偶然的水花扬起
　　　　　　　然后碎散
沉定的褪色窗纱
和玻璃上的蒸气
滤去水与光的流动
营营的沉默中
我们坐在这下面
“救生衣
放在座位下”

所有塞在座位下的臃肿
阻着双脚舒展
呆立的灭火筒
并不能挽救
布幔枯躁的污渍
人们说着今天晚上的某一场赛狗
一边放下手上的小报
让它无声坠落
藏青色地毡上
裂缝和纸屑间
那边一列空座位
半截白色的椅套
和空伸出的扶手
像扎着头又跛了手的伤兵
是经历了那一场断续零碎
哑默而猥琐的战争？
透过高窗看见的
有时是桅
有时是云

有时是山

那最高的一点

有时不过是经过时

偶然的水花扬起

　　　　　　　然后碎散

斗牛场旧址

沿路一排碳黑的木板
遮去昔日的斗牛场
偶然在顶上露出一丛枝叶
你可以在板缝窥见
扬起的沙尘早已落定
奔跑着
只有粗生的
草叶
再过去
一堆碳
又一堆砂
和竖立路旁
弃置的大油桶

再过去

碳黑的木板的缺口中
一辆汽车驶出来
辗过黄浊的水潭
在它背后
一辆
一辆
一辆
汽车停泊在草间砂地上
没有呼息
蹄声
　　静默
黑色的计程车一下子驶过
噗噗的摩托车
转过弯
后来的三轮车
兜不着生意
又去了
此地空余
一些牌子：

"美人鱼酒吧"

"日本料理"

然而店子早已拆去

站着的树

被石堆和废铁遮去影子

迎面

赫然竖立着

比一个人还高大的

一瓶瓶巨型的汽水模型

不扬泡沫的

固体

巴掌围斜巷

黑衣的老妇人
把线香插在碎石路的隙缝里
阴暗的门后
只见一桶绿色的元宝冥钱
白烟升起
往那些竹棚间飘去
在那些不晓得是建筑
还是拆卸的石堆旁
一个小孩举起拖鞋
奔过苔绿色的砖堆
追扑一点飞舞的甚么
陈旧的制衣厂前
坐着一个无言的老人
越过提着一桶泥走上来的年青女子
看这细碎的石路斜下去
通往一方狭窄黄浊的海洋

避雨南湾小咖啡店

手枕在红桌上
说:“我们不如
坐到外面檐下喝茶。”
但雨滴湿了藤椅
白色的方桌
和一株柔弱的盆栽植物
便只推开桌旁的玻璃窗
感觉外面的风和雨
一桌人结账离去
我们看那年青女侍
走到门前抖动红色桌布
一个驾单车的人持伞经过
留下对街一些精致的白椅
与落叶同浮在玻璃的水上
“等天晴时

我们便坐到那边喝咖啡。”
但现在可连阳伞也没有
只是桌中央竖起铁棒
不晓得支撑着甚么
背后有更强韧粗壮的老树
刚好叠在
建筑中的澳氹大桥
两端未连起的缺口间
海水的颜色由浅而深
渐去渐远
连接起远方
烟云混淆了的山形
在那暧昧的地方
正是阴晴未定

大三巴牌坊

孩子们持着燃烧的烟花
跑上石级
停在这巍峨的前面
看那些烟火黑痕间
高高的圣像

走进这崩毁的教堂
看不见其他三面墙
没有彩色玻璃、金袍和烛火
在座椅和圣坛那儿
是一丛丛蔓生的大红花
那些浓密的枝叶
比细致的雕镂更强韧
叶绿花红
盖去露出底里的破泥墙

而云在上面
悠悠抹过
进去又走出来

在这只有前壁的建筑旁
又一座小小的哪吒庙
不同的神像，同样的破落
门前一堆生锈的铁轮
凝定不再滚动
庙宇烟熏的黑暗芜乱中
一行陈旧的对联：

“吾神原直道敢生多事惑斯民”
这旁边
次林园的围门下
两个小市民的老头
正絮絮地闲话家常

海边·造船厂旁

海水粼粼地涟向岸边
沉聚成黑色淤积
像桅像舷
也像翻没的甲板
一些粗重的木杉
搁浅在近岸的地方
因苔积泥污而臃肿
在黑色的水上
凝聚如楼
孩子们提着空瓶
不晓得在污泥间找寻甚么
另一些走上岸
用铁枝推动一个胶轮
越过弃置空地上的建筑材料
呆坐一旁的人

看他们跑往造船厂那边
木糠的小堆上
空悬一个起重的铁钩
几座神龛和烛火
没有人声
人们是在另一面
或许是在继续造船
我们看不见甚么
但听见锯木的声音如婴啼
一声复一声
海水粼粼地涟向岸边
带来汪洋的沉淀
围绕着岸旁的
全是木柱支撑的吊脚楼
屋子离开粼粼而动的水面
每根支撑的木柱
由浅绿而至黧黑

关闸

公共汽车稍一停歇
又再开行
游客们懒洋洋地越过
这狭小的圆形地
暂时驻足凝望
一列少女坐在石栏上哗笑
濡湿的汽水瓶子
放在古玩摊旁
一个外国人走过来
捡起一尊佛像
“要买玉么？”
看摊的老妇人热心兜售：
“虽然这里放着假玉，
但还有另一些……”
不过谁也看不见

是否还有更纯粹的青莹
在这些事物的背后
三轮车夫的手指
划过一列绿树
凝望的眼睛
看一辆空车从闸的那边驶出来
辗过棕色的
纹路纵横的泥浆地
然后又转往另一条路去
阴天里风吹
吹裂游客手中的地图

一九七三年八月初稿
一九七五年一月修订

第五辑

广州 肇庆

旧城

灰黯的楼宇间
整齐地驶过一列自行车
铃声却是参差的
逐渐分途了
有人驶远
转了弯
有人在饮食店旁停下来
饮食店前排着队伍
阴暗的店里横悬的布条下
人们低头吃饭
又一列自行车
在门外驶过
隐没在屋宇一色的灰霾后
铃声总是参差的……
我们转进文化公园

坐在老树根旁

喝一分钱的清茶

同行的友人说

不知哪里可以买一块肥皂

洗去满脸灰尘

我没有说甚么

只是看那边的妇人

扫满地落叶

想可也有谁能洗去城市的灰尘

钟乳岩

背向湖水和绿山
从这山的裂缝
进入黑暗的石室洞
我们上了船
在水上前进，仰看
蝙蝠、蜈蚣和鸟儿
钟乳岩的生命
船首那人向我们解说：
“那是龙，灯泡
　就是龙的眼睛。
　那边，是水牛的头颅。
　虽然近看只是一块石。”
我们观看，并且相信
那垂下的石笋是一株玉蜀黍
横伸的岩块

舒展着狮尾和狮首
一幅平滑的大石
是仙人的床。
船到了尽头
又再回转
粗糙的岩石
再在想像中变成
腾跃的生物
听那击鼓的声音
一路寻去
看见岸边一个女子
正在石上拍响一幅布毡。
走出这黑暗的洞穴
回看壁上的留字和题诗
那么多个朝代
把他们的想像
寄托在现实的石上
山依然青绿
湖水同样平静。

湖

山的倒影

　　　　占了半个湖

圆圆的湖上

一半是天蓝

　　　　　一半是山暗

人坐在湖心亭看湖

破折的短线

粼粼碎散

　　　　没入阴影

山的黑壁间丛丛绿树

偶然

黑色的岩石露出白斑

绿色的树上飞起鸟儿

如湖上一艘艇

忽然划过

　　　　波浪碎散

直至

一道堤伸展

阻挡它

圆圆的湖上

一半是天濛

一半是山绿

人坐在湖边看湖

看落叶堆和黄泥

看树干捆成栏杆

围拢整个湖

在堤上

一个人乘单车远去

树一株一株

迎面把他吞没

在岸边的人喝一口紫背天葵茶

沿蜿蜒的石径上山

山的倒影

占了半个湖

圆圆的湖上

一半是天霾

一半是山明

人在山头看湖

说湖在登高中见阔了

几个蓝衣的人推车过桥

默默的

没有看湖一眼

湖水平静了么

仍随一艘艇

粼粼蠢动

寻瀑

赭红、花青、棕黄
还有宝蓝的石块
逐渐没入泥中
铺成一条平坦的路
越是深入林木的中央
就越深入
万点苍翠的寒冷
沿路深浅的绿带着浓淡的湿意
当你侧耳细听
某些轻盈而连绵的瑟索
是岩石最深处擦出的水流
我们就是随那声音上山
在寒冷中移前
往往以为仰首所见的天空
就是水流飞悬的姿态

走过嶙峋的秃山旁
一段夹路的枯枝
落尽了青葱
犹有棕白色的枝丫
坚韧如土层剥落后露出的石
转过弯，继续前行
没有多远，便来到这里
只是一道小小的瀑布
水从岩石上流下
激起白色的泡沫
从一个骠悍的下冲
分成岩石旁
许多涓涓的细流
进入平静的潭中
仰首只见天空仍然遥远
豪情的题字
在木牌上褪色了
“那上边又是甚么呢？”
走路的人继续沿旁边的石路上去

绕过围墙，到达一所古老的寺院
一堆柴木、一个破鼎
老狗蹲在石级上俯望花园
石缝间长满草
竹枝在风中晃动
划破背后晾衣竹上一片白色
然后又再停定
没有木鱼的声音
佛像已毁去
小小的院子中
有人造饭，有人斫柴

一九七四年三月

第六辑

台湾

高山上的小村

破旧的蒸汽火车
冒出一缕白烟

巨大的树林旁
小小的村落

一筐红椒
在阳光下曝晒
落了的樱花
晒干做茶

煤屑的路没有尽路
男孩弯身砍柴
红色小火车
载满木材

断了半截的大树
从切口长出新苗

黑色的木屋间
飘着洗晾的浅蓝衣裳

古城墙

只剩下一扇城墙
老树的根须
盘满红色的砖头
太古老的历史了
白衣的导游
用结巴的日语
向那群游客解说……
这荷兰人建的古城
经过西洋人，还有
日本人……日本人在古城中
建起丑陋的新塔
古城剩下的不多了
只是一扇城墙
朴实的平民
用蚵壳、糯米和蔗糖

混合黏成的红砖墙

那么牢固

经过西洋人，还有

日本人……仍在那儿

像紧盘在砖上的根须

城墙的门洞里

可见墙后树下的摊子

朴实的平民

善做蚵煎和蚵汤

排湾族的屋子

在别处很难见到了
那些木桩准确的嵌镶
承起横梁和屋檐
在黑暗的屋中推开窗
张望原野的广大
光线照入户内阴暗的图画
樟木参差的纹理
人的故事
总有巨蟒盘绕其上
生命华美的镂刻与破蚀
使人久久仰望
很难见到了
光是用木和石
徒手建起的事物
从蜿蜒门边的木雕

找寻那有力的刀痕吧
抚摩大块板岩砌成的墙壁
踏出门外
在那雄浑的黑色上
却碰到游客们刮上的
他们各自可笑的
白色的名字

渔港

长长的堤岸上
铺一张网
黝黑的渔夫
蹲一个晴天
精细的竹针
挑动网线
缝补
　　破烂
在阳光下
晒干潮湿
在阳光下
龙船晒成铁锈
网罟和绳索
鱿鱼和小鱼
在阳光下

棕色和灰色

晒成盐白

虾晒成干虾米：

一大片橙红

渔夫默默挑动竹针

一头大海龟

竭力从桶里爬出来

店里的河豚制成标本

仍然怒张着刺

在阳光下

活的和死的

在阳光下

混在一起

有肥美的鲭鱼

在鲜绿的蔬菜旁

有死去的

魔鬼鱼

百香果

我们吃粗生的百香果
连核吞进肚里
味道并不怎样的
百香果
我们攀一段山路
看湖更广阔的边缘
“远处的是李树和
桃树，路旁这儿
是粗生的百香果。”
说话的人翻起枝叶
看那下面
有没有成串的果子
“易摘的果子
总是给路人采去。”
我们说够了

不再剥带皱纹的棕色果壳

吃味道并不怎样的

百香果

为了看更远的风景

再攀上另一个山头

山

车过草屯
左边的窗外
尽是连绵起伏的山岭
“那里一共有
九十九个山头。”
前面的人说
那儿的风景
唤作火焰山
尽是绿油油的稻田
蕉树的果实上
包着蓝色油布
土城、双冬、大石……
一个一个朴素的地名
像一个一个山头
我却想着今晚
要宿在一个更巍峨的山上

候车

豪雨冲下山泥
堵塞了前面的路
我们走过吊桥
换另一辆车
灰蒙蒙的天色里
坐在车站等候
吃一个又一个李子
牙齿也发酸了

灰色的鸟儿
在黑色大油桶旁
一踅一踅走着
突然飞起
离开满地的污泥
等的车来了
还驶来一辆货车
盛满一车浅色的黄金瓜

树

阳光照在
流动的溪水上
一片片
透明的鱼鳞
黏上树兽的倒影
俯首喝水的
随时要仰起头来

这么老的树
砍掉了
空余粗拙的树头
年青的
又在上面生长
都交缠在一起
烂漫的根不会断

盘入泥土深处
吞噬了石块
又在上面吐出
青青的嫩叶

走不完那么多树
走不远那么多年
棕灰的枝丫插向天空
云雾只一会儿
一株树
好几千年
在断了的地方接起
卧下处
长出根须
钻入浮沙和坚石
缓缓地把世界撑开
把碍路的虫豸
压成灰尘

参天的巨木下
遍体清凉
整整一段路
阳光在林木间
参差照入
鸟声沿着光
杂草在背光的地方生长
大树扭过头
倚着大石喘息
过一会，它要继续
走青空的路程
脚蹬着地面
头昂得高过山峰

树的纹理上有波涛
阴暗的肿疣外
冲积大片苔绿的新地
经过一朝雨露
阳光照着树干
生出一缕白烟

石——记佳洛水的石

鸟的影子

在石上闪现

又消失了

凝定的石头:

鲸鱼

海豹

海龟

波浪拍击

在锈红的岩石上留下

白色泡沫

渗入滑溜的青苔

又消失了

庞大的海龟爬近岸

海豹咆哮

鲸鱼上了沙滩

全变成岩石

部分沉睡

　　　　部分要翻过身

挣扎

　　从奇岩里露出脸孔

波浪拍击

　　　　把它凿出形状

白色的泡沫涌高

　　　　　　　又消失

飞鸟

　　飞过

巨大的草菇

刀血、靴子

骨骼和果实

猿猴或是山丘

部分沉睡

　　　　部分正在打呵欠

要站起来

　　　　推开沉重的昏眩

喊出说话

石在石里舒伸

挣脱泥的衣裳

摇落土的包围

飞鸟

飞过

波浪

拍击

墨绿的礁岩上激起白色泡沫

每一次

更白

更高

旅程

我们沿着海岸线旅行
每天黄昏来到一个不同的小镇
我们沿着海岸线北上
然后
南下
一天向着夕阳驶去
另一天背着夕阳
我们看见澄蓝的海水
绿油油的稻田
另一天
煤矿的台车
黝黑的煤屑
湫隘的矮房子

我们沿着海岸线旅行

一天看见一个长满树木的小镇
另一晚来到一个渔港
我们在新填的海边
找寻渔火
我们在路旁
看人们如何默默插秧
在灰暗的屋内
敲打铁器发出红色火光
我们乘坐火车
转公路车
然后步行
在竹林后面发现
最漫长的海滩
在遥远的步行后
看最高耸的瀑布

我们旅行
沿着海岸线

随时更改行程
转进分歧的道路
在没听过的地方住宿
我们醒来
又再背起背囊
走四公里路
我们与陌生人谈话
用不同的方言
入夜后
我们看见一辆单车的红灯
另一天
化工厂的火灾
我们总是问：
“甚么事？这是甚么？”
我们倚着靠背椅睡去
又再醒来
唱歌、谈话、喝一杯茶
找寻更壮大的树木

更巍峨的石崖
找寻更高耸的瀑布
更漫长的海滩

台湾十首
一九七六年八月

第七辑

浮苔

青晨

热咖啡和烤面包
还有我的梦呢
在暗凉淡绿的重影中
咖啡壶兀自在一角蒸发热气
二十年前的一支旧歌
拢和烟影的恍惚
分不开是升腾还是摹拟
藏青色座位间偶有一张青苍的脸
正用素白的纸巾抹嘴
电话铃断续的响声间
每人面前一杯热腾腾的东西
逐渐冷却

一九七二年

除夕

杯与瓶成凌乱的形
这外面就尽是烟了
一墙壁浮雕的古意
金色只成阴暗
树下披花的裸女
近看是无数参差笔触
小的起伏与小的曲折
构成整幅阳光海岸
污渍斑驳的桌布上
放着咖啡和酒
任人把热的和冷的轮番喝下去
伸手拿冰冷的银壶
触及了弃置在杯瓶间
一头绒毛的小狗玩偶
那是刚从热闹的花市买回来的

又冷落地放在这里
“是甚么时候呢？”
听着人们琐琐的话语
抬头看一眼没有挂钟的墙壁

一九七三年

茶

没有一张脸孔
从茶杯里泛上来
只是茶叶杆子竖着
说友人来访
数暖棕色茶上的点点灯光
静默中飘满眼睛
一双双夏夜的星
从天的前门来
又自云的后门去了
彼此相隔了这么多浮泛
没有静下来
对饮的一刻
偶然的相见相感
犹似遥远的茶香飘忽
手只独自举起

杯中的影子晃动

茶香中总有苦涩呢

杯底的茉莉瓣

或聚或散成图

一九七三年

青蛙与蜗牛

在黎明的昏暗中倒一杯开水
水溢出杯外
这窗旁的水渍
或许是昨夜的酒和雨

墙角有一头青蛙
与屋内流转的早晨
同在昏暗中轻颤
它不知甚么时候
随淅沥的雨进入屋内
现在又悸动寻觅出路

杯中的水仍在
窗旁的雨渍却渐随微光消散
我打开门，拍拍它的背

把它赶向青草丛中
回头时看见门跟黏着昨日的蜗牛
排在一列空酒瓶旁边

一九七三年

后窗

从搭着湿地拖的后窗望出去
雨滴偶然无声
从横伸的沙玻璃滴下
灰蒙蒙的海上
一艘渡轮经过
是午后的几点钟呢
化学工厂的旗帜带着雨的重量垂下
起重机的黄臂
缓缓举起来打一个呵欠
窗玻璃干燥的这面蒙满灰尘
另一面是雨的濡湿
连接广大的海洋
在这一刻笼罩的云雾叫人相信
对岸也不过是同样的房舍
俯首只见小舟和车辆

无声同泊于堤的两旁
近岸处涌动深浅两色波涛

一九七三年

雷声与蝉鸣

雷声使人醒来
现在雷声沉寂了
滂沱大雨化作檐前的点滴
然后又响起一阵蝉鸣
等待是那鸟的啁啾
断续地穿插串起整个早晨的怔忡
还有鸡亦啼了
钢琴的试探和安慰……
在这些新扬起的声音中保持自己的声音
蝉鸣仍是不绝的坚持

窗外一卷破席
和弃置的棕色水松木上
放着红花盆
没人走过斜坡

树下灰白色的麻石
结出水光晶莹
深浅的绿叠到远方
化为红花的末梢承受天空
黎明清新的空气中
音乐流转
会再牵起另一场雨？

等待着那来临的
不晓得是否受阻于闪电与雷霆
一条泥泞的街道
把雨内和雨外分开
室内是安宁的
书籍、画片、信札和锁匙
能把芜乱的世界隔在外面？
然而一旦回头
又仿佛听见门边有喘息的声音

并没有甚么，只是

雨的绛缭的衣裙纠动
再一次去而复来
丝丝小滴里包含着生的蠢动
一头牛走过，低鸣
雷声隐约再响
蝉鸣还在那里
一个女子走过，摹仿它的鸣叫
然后雨再剧密，成为更响亮的声音
但牛仍然站在树下
黑色皮毛反映着湿润的微光
固执地低头吃草

在迷蒙中
某些山形坚持完整的轮廓
生长又生长的枝丫
接受不断的涂抹
雷声隐约再响
蝉鸣还在那里
在最猛烈的雷霆和闪电中歌唱

蝉鸣是粗笔浓墨间的青绿点拂
等待中肌肤上一阵清凉
因为雨滴溅到身上
而发现了那温暖

一九七三年五月　长洲

聋

头发都垂到红衣上
你正低下头
翻看一本石涛
一面从心里笑出来

阳光照着书页和你的脸
这时我刚从外面回来
疲倦而且烦躁：
“这么热的天气，
怎不坐到那边的阴影里去？”
“甚么？”你说你听不清楚：
“当我恋爱的时候，
就总有一只耳朵聋了。”

一九七三年

秋林——题吴凡的《秋林》

灰干间橙色的言语
说新凉进入
大地郁结的眉宇
虬蟠的获得舒展
坚持的任它飘动
于是便有了
这么轻淡如静寂的声音

枝上枝下
微褐衬托灰茫
有叶的圆块
调和枝梢的棱锐
寂寞中以清凉的舒泰为甜美

成熟于枝头和坠落地面的

都说着同样的话
林木只感到不相干
有时枝梢不知戟指着甚么
也只是摇摇叶的手掌算了

不想却又见到
一个孩子负着背篓前来
在这里孜孜地收集一点甚么
且正低头热切地看着
耙下一两点明亮的颜色

一九七三年九月

未央

空寂的大地聆听
院子中的一片灯光
歌声逐渐微弱
更多人进屋睡觉
影子没入黑暗中
变成瓦瓮、旧砖
或是关闭的水龙头
只剩屋旁一窝初生的小狗
嘤嘤地轻唤
更多说不成的话
被云掩盖的星的言语
更多空位了
与我们一同背诵辛笛的人呢
与我们一同走过水边断岩的人呢
那些与我们一同醉酒、一同唱歌的人

现在在哪里？

清越的歌声沉默

我们留下来

继续背诵诗句

从遗忘中救出一些句子

我们卧看夜空

渴望诉说胸中的山形

然而总有一些黑暗的角落

是谈话、笑声、甚至叹息

也无法到达的

当所有的人都睡了

我们还留下来看星

并且笨拙地说着

那些常在的云

好像害怕有一个人停下来

其他的人便会睡去

便也没入黑暗中

像树丛、颓垣

或是封上的窗口

用手电筒照路的人早已走过
再没有人来
我们的脚亦倦了
拾来的人面的石块
贝壳和珊瑚
偷来的绯红色番石榴
一一溶进黑暗
速写过的风景
谈过的草地
还有早上见它附在树上
以为是蝴蝶的死蛾
在夜的边缘抹去痕迹

在黑暗中所见的模糊了
那边白色的
不是一个走过来的人
是晾着的衣物
我说看那巍峨山形
细看都是屋脊的黑影……

这么多的虚幻
这么多的
落空
仍向一个蒙眬的人影说话
甚至向一片天空说下去
夏夜的风飘忽如感情
我们留在这里
守着一方清凉的灯光
在这七夕的后一夜
看星子的聚散

一九七四年九月在东平洲

景变集

（观王无邪在德国文化协会
的画展“景变集”有感。）

新的肢体推开旧的风景
蔓伸的根进入
岩层执拗的深处
从那些茂密郁蓊中
挣出石的婴儿
脸上不带昔日的皱纹

时日如颜色变幻
黄与青化入褐紫
岗陵锈红的焦虑
溶入我们的呼息
更多割裂的星宿

更多崩离的山脉
我们且将接受根与枝的分飞
直至破碎成为新的秩序
凝成另一种新黄

新的肢体醒自古老的河床
我们站在这里
看奇异的树木在四周生长
新的町径在足旁冒升
越过那些烟雨和秋凉
如盆如皿的土形
不断塑造我们的脸容

时日与容颜变幻
是谁把高岗磨平
把岛屿剖开
而且把丘陵和三角洲
倒置在梦的那端?
带来洪水和侵蚀的

也给我们的老屋打开新的窗扉
陷落的泥层辗转重组
如神话中切碎的肉球片屑
被风吹成无数新人
我们站在裂缝和光影间久久注视
这些新升起的形象

一九七四年九月

信

桌上散满画版的纸张
浅浅的蓝线方格
等待着照片和图画
和来自远方的讯息
电讯机不停说话
然后是打字机的声音
电话铃的声音
有时有人唤出我的名字
我把图片砌好
贴到版样上
我用锛刀
锛去照片无用的黑边
在这些废纸屑间
躺着你的来信
你说你终于找到一个地方

那里的邮差替小孩捉鸽子
那里的老人
终日钓鱼
草地的旁边有运河
还有脚踏车的游戏
你在信中这样说
而我工作过时
疲倦地追赶
还有十分钟的截稿时间
喝一口已经冷却的咖啡
又暂时忘却了你们
画版的纸张
布满我的桌子
那些太浅的蓝格
要仔细一点才可看见
现在纸张在刀下割成碎片
现在我的手谨慎一点
没有那么容易受伤
挑选颜色

没有那么犹豫

我画更准确的线条

不要问为甚么

回信拖得这么迟

你的来信就搁在桌上

在稿纸和剪刀间

几时也是太遥远

我抹去鎅刀上的蜡迹

和手上的浆糊

把戒尺移正一点

靠着玻璃桌面下的白灯

端详一张彩色的底片

旁边总有花边新闻的谈笑

股市上落的消息

风暴的来临

财务公司的倒闭

大门开关的咿呀

有时有人唤出我的名字

我还在这里

低头工作

偶然想想你的来信

偶然站起来

给自己再倒一杯咖啡

一九七四年九月

玻璃的寒冷

阴冷的日子
白色的窗帘像揿熄的烟蒂
飘逝的余烟
是外面的雨
窗格间深绿和浅翠的树丛
偶然重叠
又摇开
反复听过许多回的
我们喜欢的一张唱片
仍在转下去
你却伏在床上哭泣了
我站起来又坐下
推动的桌子
在地板上擦出嘎嘎的尖声
它们互相亲近为甚么又互相损害呢？

我伸手抚摩桌面的画片

盈掌却是玻璃的寒冷

一九七四年十二月

半途

绒红的叶子上
看见银白的月亮
空气逐渐清冷
巨石的脸孔晦暗
远山的轮廓柔弱起来
忽然一盏黄灯
点破灰雾的海湾
我们在没有依傍的山路上

半山木屋旁有残破的花盆
木板和沥青散了一地
走了这么远还看不见园子
只感到树丛的瑟索
道旁的黄菊

有人说又唤作假向日葵
伸手向头上柔软的花瓣
有时触及粗硬的枝梗

事物的线条不再分明
吸一口寒冷的空气
走一段轻淡无色的泥路
采来的草叶揉碎
散落在建筑地盘斑蓝的木栅旁
几个老人蹲在那里
一头红色甲虫
飞过他们沉下的脸

风筝都已落下
离开我们走捷径的友人
远远地在山头消失
影子逐渐围拢过来了
草中不知有没有蛇
走过了病树前面也许有别的树

我们依旧张大眼睛观看

前面偶然升起一群新的蜻蜓

一九七四年秋

泻酒

澳洲人唱罢一曲
对座的女孩子
半醉地嚷道：
谢谢！
而下一曲响起时
他们走到台前跳起舞来
在这没人跳舞的酒馆
中午男子都尴尬地笑着
独有邻桌新来的游客
转过头来，说：
“你们，不也下去跳？”

酒封在瓶里
为甚么不把它打开？
给我们斟上一杯

瓶中倒出
满墙的影子
和镜中重重叠叠的侧脸
芜乱的歌声中
呼唤的话如泡沫
溅到谁的皮肤上
垂首细看时
不知甚么时候已抹去了
有人站起来，又犹疑地
与阴影一同坐下
飘鸣的发弦呼唤和弦
身躯如风吹动另一身躯
有时又转身掩脸
交叉双手把自己锁起
我们坐在这里
看杯酒的干瘠与泛滥

围坐一桌的时候
总有人突然沉默如酒瓶

任烛泪滴下
斑斑驳驳的白点
然后一个草编的套子
遮去瓶子赤裸的烦忧
有人站起来走到后面去
投镖的人醉倒
掷出的镖在模糊的边界上
钉死墙上的蝙蝠偶然在心中拍翼
抚摩洋烛平如镜柱的外貌
有人说:“把它戳破一个洞
烫热的烛泪就突然流满一桌……”

烧破一方红格子的桌布
或像那古老的油灯
轻轻地颤摇?
还是如一声暧昧的叹息
随呼吸的潮汐涨退
没入木纹的阴影深处?
美好的话语

如光影在一面画框上闪动
但是，你说甚么？
头痛的人垂首
说听不清楚那支歌
醉倒的人逐渐沉下
在起伏的声音中哑了

墙角一个灯泡
关收在自己的颜色中
阴影的风车旋转
烛光闪烁如感情的姿态
呼息吹开一个人的头发
温暖在颊上游走
手握着，放开
又在空中摸索
举起是适意的溢出
回首的脸
倏然的惊
两扇通往大街的木门

推开，又关上

摇曳间偶然瞥见一二个人影

我举杯祝我们永远年青

总可以拉一根绸带

打开更多的礼物盒子

说着，无端挥手

碰跌杯子

泻了满桌的酒

不知沾湿谁的衣裳

有人放声欢笑，有人愠怒

九七五年五月

花灯

一　室内

用手捏铁线
感觉它变成骨骼
从散开的彩色玻璃纸里
剪出皮肤
别人熄去电灯的时候
我们划一根火柴
燃亮一头蝴蝶或是蜻蜓
整晚徒手造成的粗糙事物
在黑暗中闪烁

我们摸索至桌旁倒一杯开水
谈笑，并且用手牵起
满墙影子

有时烛火燃尽

整盏花灯像山林那样燃烧起来

把它拍熄，我们摸索

另一根铁丝

二 公园

草坡上点点火光

是叶上的白露

有围绕灯火喝酒赏月的人

外面孩子的哭笑

男女的奔走喧哗

使挂在枝头的灯笼

一明一灭了

我们用气球升起一盏花灯

热切的目光

看它去远

一边走过人群

看挂在矮树丛中

谁的花灯造得更美
我们用气球升起一盏花灯
前一盏已经越过高山
升向明月的那方
后一盏
在小山坡上跌下
一个妇人拿着灯笼绕过凉亭
又一个小孩
提着南瓜的脸孔从草地走来
我们用气球升起一盏花灯
前一盏
已经成为星宿
后一盏尚在风中飘摇

三 海滩

我们用杯子盛一枝洋烛
让它在海浪上飘流
无穷尽的黑波上

一点白色烛火
随汹涌的波浪晃荡
那样的摇动
有它的韵律
清冷的沙滩上
说不尽琐琐的鬼故事
微风吹动静默
肌肤的清凉间
有人伏在沙上睡去
在另一边
小孩蹲在黝暗的沙堡旁
在潮湿的沙洞内燃起热烛
倒影照沙间一泓静水
沙滩边缘海波依旧汹涌
我们用杯子盛一枝洋烛
让它在海浪上飘流
一个波浪把它打灭
辽阔的黑色的海
熄去一点白色烛火

剩下黑暗湿冷的空杯

无声地晃荡

又一个浪打上岸

我们用杯子盛一枝洋烛

让它在海浪上飘流

一九七五年

送唐娜与唐纳

当我们谈笑的时候
你背过身，蹲在书架旁
找寻衣鱼灰烬的身体
抹去它
像抹去页边一个字
而我就说：
当你离去
这么多的书
这么多的画册
搬不走
该怎么办？
我知道
一翻动那些书页
尘埃弥漫
你又要咳嗽了。

越过百叶帘的隙缝
是民新街灰棕的屋宇
一辆墨绿色的货车
红色的字
你蹲在书架旁
说拆字成火
我又看见你把丝印的绿色
像衣裳那样晾在厅里
然后折叠
放在一包黏土
和泥人玩偶之间
这屋中
怎么总有这么多纸屑？
节日里我们一起制造的花灯
不知搁到哪儿
它们或许已经破烂
你没法把它点燃
照亮你将走的路
所以当你在门边

凝神细读剪报
说那些字体有时清晰
有时模糊
我想叫你不如把废纸放下
你知道
一翻动那些书页
尘埃弥漫
你又要咳嗽了。
昨天深夜我们走过看见你们的灯光
知道你们仍在工作
夜深时
当电单车的吽叫静去
我们在不同的窗前
试听同样的蝉鸣
今日一个早晨的风雨
现在又是天晴
我把破了的伞
当作捏皱的废页
弃在门边

你问起天气
我也不能预料
你要在路上
才可以感觉它
只是当你离去
这么多的书
这么多的画册
搬不走
怎么办?
壁虎疲乏地爬过
百叶帘下旧书的峡谷
你如果彷徨，不如聆听
窗外一个老人正在叫唤
他只带一块磨石
就磨尽一条街道参差的刀剪

一九七五年十一月

浮苔

一

灰螺在水流冲击下轻曳
我们停下来
面对形如响螺的巨石的庇荫
它固定的脸容充满裂缝
而水在远远的下方了
穿过别人的沉默
我眺望下端温亮的苔藻
如丛丛临流飘洗的长发
在浪花中自然摆动
如来复的感应
遥远美好的舒伸
当阳光下的石影渐移
把谁的脸孔遮去一部分

仍有人站起来
踏石歌唱，奔下巨岩的缺口

二

沿粗糙的泥路走下来
渔屋里有网罟和竹箩
石头做沉子的铁篮上
我仿佛看见死鱼的鳞片
一个老妇在门边向我们兜售
晒干的苔藻
它看来那么苍白且远离了海洋
当你倚着鱼网垂首
我聆听波浪的呼息

三

站在海边炙热的岩石上
汗沿额角滴下

你把长发束起
我总想你任它散开
如沿海飘浮的苔藻
在波涛中舒展
突然焦躁的阳光
斜照魔岩难解的古刻
一千五百年前留下的讯息
我们伸出手
却没法抚摩它的意义
人们站在这儿
各自张望许多方向
要走到最南端吗?
在南角嘴，可以眺望海洋的无尽
而疲累的人频频回首了

四

说话有时停顿
我与你彼此踏上不同的石块

落下不同的沙砾地

天气这样炎热

有人在背后吵架

那女孩嘤嘤啜泣

我们在水边停下

看苔藻在海浪中开合

如发的束散

细看近岸的礁岩

你会发觉石缝里

藏着那么多复杂的生命

那些小朵灰绿的菊花不是菊花

当我触及

它就立刻把自己闭上

再张开，当我的手移开

一个浪打上岩石，突然

使我浑身湿透

你退却，再走开

蹒跚的脚步要退往哪儿呢

岩石间有死的螺壳也有活的海胆

我们的谈话又再变成沉默

海浪打上岩石

我想说你也不如把发散开

深褐的苔藻

在海底固定的白石上摇曳

在每个波浪中有新的姿势

一九七五年夏游蒲苔岛
十一月重写

冬日船舱

冬日的阳光
照进船舱
一船的阴影
　　　　　一点明亮
阳光是飞舞的纸屑
在粗绳的圈索上
系不住
嗞嗞的声音
没入水中
化作无数白色光芒
点点
莲花
货船噗噗划过
淹没一点
　　　又一点

我们
离开浮标
一个
又
一个

飞机无声滑行
在海陆相接处
飞出
　　牢固的楼宇外
两艘小船
尾随着我们
然后分开
向左右两方
无声地滑去
　　　　　　更远
　　　　　　更远
窗旁棕色的釉木上
闪现一段七色彩虹

避风塘

近了

又远了

工厂烟囱的白烟后

飞起一头鹰

人字的翅膀

片片果皮

从船尾坠入水中

　　　船微微颤慄

继续前行

舱内的影子

一时稳定

一时

　　踉跄

一九七六年三月

初春二题

一 横街

工厂大厦坚硬的建筑上
某些柔软的东西
灰雾模糊了山形
雨降下
阴霾的日子
浮浮沉沉的
冷暖

剪刀轧轧
那么锋利
营营的声音
如菜屑满地
脚下湿冷一片

牛杂档子
升起腾腾的热气

大厦前
一个朋友
看见我走近
别过头去

闪光的白铁枝
积起寻常的锈
抬头看天空深处
灰云后的明亮

孩子们围成一圈
看捏面人的魔术
从那湿冷的面团中
捏出了人

二 动植物公园看鸟

灰灰蓝蓝
一大群
维多利亚冠鹤
穿着补缀过的
笨重的衣裳
在它们中间
闪出一头巴西红鹤
噗噗地拍动火焰的翅膀
飞高了

泥泞的旁边
·团棕色
一团棕色的白胸翡翠
忽地展开嫩蓝的翼和白色胸膛
在天空中划一个弧
沾一沾那潭污水
又回到石上

一团棕色

那么多的泥泞
整个下午
站在这儿等待
一头天堂鸟
展开它
色彩斑斓的翅膀

一九七六年

还差几哩路才到新年

又是一年的终了
你走向更远的路
明信片村庄
和那么多名人的墓地
星光下我站定
在指尖看一个寒冷的奇迹
回顾我的影子
它总在那里
歌声继续唱下去
朋友说我看来很好
在风里红着鼻子
并不比记忆中更难看
在湿滑的斜坡保持平衡
我不会夸耀扭伤的足踝
始终不相信

从一个玩具风鼓模型
可以摇出丰富的稻米
在咖啡里加一点酒吧
它喝来会更温暖
站在路口的时候
我设法辨别吸进鼻里的
是甚么气味
在深夜的街头
金属大厦的脚步
果皮和烟蒂窃窃私语
野猫宣布爱上残羹
而脚旁的满地纸屑
在一阵微风后四散
我仍做各种愚蠢的事情
在寒天走路
怀疑所有的鞋子
吃许多鱼骨
看一部沉闷的间谍片
等待温情的一幕

调整收音机的波长

收听鸟儿挣扎自由的呼吸

我仍比东区所有的咖啡店

更迟入睡

我们已经过这么多事情

所以也不要假装了

我知道惺忪的谈话

并不会使太阳更壮丽地升起

指尖上的奇迹

只是每日的寒冷

影子难得歌唱

即使走过钢琴铺

或是残花满地的殡仪馆

你若听见声音

那不过是我

在口袋的破纸上

写下断续的句子

一九七七年二月

剥海胆

蓝衣的妇人
坐在屋前
剥海胆
一堆又一堆
黑色的海胆
一堆又一堆
怒张的刺

用钳子钳破
带刺的黑色
剖开
坚硬的心
妇人们
从那里挖出

柔和的橙黄

走了一个早晨的路
我们翻过
一堆又一堆
黑色的岩石
一堆又一堆
嶙峋的脸
最后才看见
山的裂缝中
柔和的海

坐在杂货店前
蓝色的妇女旁边
破碎的海胆壳
散播波涛的盐味
呷一口咖啡，你说：
“春天的感觉……

把牛奶倒入咖啡里

缓缓的

在心里溶开来。”

一九七七年三月

腌柠檬

沿路走过
吊脚的棚屋
　　一盆鲜黄的柠檬
　　带着白色的盐渍
　　柠檬的芬芳
　　盐的鲜香
我们沿路走向码头
铁皮的屋背
支撑着酷热
门前渍水逐渐污浊
褪色的布帘内
紫红色虾酱
强烈的气味
　　一盆鲜黄的柠檬
　　带着白色的盐渍

小孩在泥污中玩耍
年轻人都已离去
到城里工作
盐田填上泥土
盐仓只余下颓垣
　　一盆柠檬
　　带着盐渍
打鱼的人更少了
离开海洋的鱼
用报纸封着嘴巴
在时日和盐渍中变幻
一个老妇人
瑟缩在铁皮屋内
脚旁一盆
棕黑色的腌柠檬

一九七七年八月

盆栽

阳光把盆栽投到天花板上
一个虚幻的影子

盆栽是真实的
虎尾兰温暖的叶子下
翻出红花，萎顿了
又生长，冬叶
几块枯萎，几块鲜绿
焦褐的卷缩
像焚成灰烬的纸箔
青葱地打开自己，让你看见
巴掌上人字的长纹

只是那淡淡的日影吗？

仰首看半个椰壳悬在窗旁
绿枝不用依傍铁框
垂下，又昂首
如鹅的颈子，向广大的空间
汲水，温柔地转首
拂过，又没触到甚么
有时阳光使幼丝
变成透明，当你怀疑
你在陈旧的绿色空框前
失去它的踪迹
当你相信，你见它生长

阳光缓缓移动
只是壁上淡淡的日影吗？

有时在破晓的窗前
从暗处，隔一列盆栽
望向外面逐渐明亮的绿山
我也曾怀疑

盆中短暂如蜉蝣的生命
当远山的竹林有焕发的光
盆栽仍有阴暗，我也曾厌倦
耐心等候，那局限的泥土
琐碎的腐叶
但仍有清晨的风吹，黄菊生长
舒开鲜明的脸庞
沉重的紫苏叶
也终会翻向
白云
到正午，便有阳光把它照遍
关切的人垂首细看
安排的手，接触的温情
那在阴暗里转出明亮的心
灌溉在小小的盆栽上
当微风吹来
它也颤慄
语言噙在叶尖
感觉在空气里

影子时隐时现
随着阳光

因为对一株植物
的信任
拂去蛛网的封条
心的硬蕾，冷落了这么久
突然的怒放，因为
对另一生命的信任
思念逐日酿成甜美的蜜
但当窗前空寂了
风吹响沙沙的纸张，没有回答
怀疑使绿色焦黄
长久的等待中，举手
也像徒劳，每日清晨的水滴
从盆底漏去
而生命是笨拙而有限的
叶子因疏忽和遗忘

卷起，拒绝
蜻蜓的接触
带着深冬的酸涩
龟裂的泥，尖锐的刺

淡淡的影子在黄昏消失了
留下盆栽，在窗前

人不是固定的瓦盆
破碎的影
是那闪动的光
攀往空中的
花朵
我们曾在
逐渐暗下来的室内
偶然看见一瓣叶
缓缓舒放自己
像风中的衣裳
一切舒放都值得珍惜

尽管后来

百叶帘失手掉下

仙人掌在愤怒中折断

又拗曲了

你说那株拗曲

又折断的仙人掌？

经过一段日子

它又会再带着温柔的心

在中断的地方再攀爬

当你怀疑，你见它停在尘埃里

等你相信，又见它从伤口

怯怯地伸出手来

一九七七年五月

图书在版编目（CIP）数据

雷声与蝉鸣 / 梁秉钧著 . -- 成都 : 四川文艺出版社 , 2018.1
ISBN 978-7-5411-4705-0

Ⅰ . ①雷… Ⅱ . ①梁… Ⅲ . ①诗集 – 中国 – 当代
Ⅳ . ① I227

中国版本图书馆 CIP 数据核字 (2017) 第 161133 号

LEISHENG YU CHANMING

雷声与蝉鸣

梁秉钧 著

策划统筹 林妮娜
责任编辑 王筠竹
特邀编辑 王　琨
装帧设计 王　斑
内文制作 田晓波

出　　版 四川文艺出版社（成都市槐树街 2 号）
网　　址 www. scwys. com
电　　话 028 – 86259303（编辑部）
传　　真 028 – 86259306
发　　行 新经典发行有限公司
电话 (010) 68423599　邮箱 editor@readinglife.com

邮购地址 成都市槐树街 2 号四川文艺出版社邮购部　610031
印　　刷 北京中科印刷有限公司
成品尺寸 130mm × 185mm　1/32
印　　张 8　　字　　数 160 千
版　　次 2018 年 1 月第 1 版　　印　　次 2018 年 1 月第 1 次印刷
书　　号 ISBN 978-7-5411-4705-0
定　　价 45. 00 元

版权所有，侵权必究
如有印装质量问题，请发邮件至 zhiliang@readinglife.com

图书在版编目（CIP）数据

雷声与蝉鸣 / 梁秉钧著 . -- 成都 : 四川文艺出版社 , 2018.1
ISBN 978-7-5411-4705-0

Ⅰ . ①雷… Ⅱ . ①梁… Ⅲ . ①诗集 – 中国 – 当代
Ⅳ . ① I227

中国版本图书馆 CIP 数据核字 (2017) 第 161133 号

LEISHENG YU CHANMING
雷声与蝉鸣
梁秉钧 著

策划统筹　林妮娜
责任编辑　王筠竹
特邀编辑　王　琨
装帧设计　王　斑
内文制作　田晓波

出　　版　四川文艺出版社 (成都市槐树街 2 号)
网　　址　www. scwys. com
电　　话　028　86259303（编辑部）
传　　真　028 – 86259306
发　　行　新经典发行有限公司
　　　　　电话 (010) 68423599　邮箱 editor@readinglife.com

邮购地址　成都市槐树街 2 号四川文艺出版社邮购部　610031
印　　刷　北京中科印刷有限公司
成品尺寸　130mm × 185mm　1/32
印　　张　8　　　　　　　　字　　数　160 千
版　　次　2018 年 1 月第 1 版　　印　　次　2018 年 1 月第 1 次印刷
书　　号　ISBN 978-7-5411-4705-0
定　　价　45.00 元

版权所有，侵权必究
如有印装质量问题，请发邮件至 zhiliang@readinglife.com